Los Más Bellos Cuentos

que te contarán muchas veces

Adaptación literaria
Alejandra Erbiti

Ilustraciones especiales
Oscar Arcuri
Diego Ruiz
Ramón Gil
Mario Maries
Gabriel Cortina

Diseño y diagramación
Amilcar Condino

82-93   Los más bellos cuentos / adaptación de Alejandra Erbiti. --
MAS   Buenos Aires, Rep. Argentina : © Círculo Latino Austral S.A, 2004 ;
         Montevideo, Rep. Oriental del Uruguay : © Latinbooks
         International S.A., 2005.
         64 p. : il. ; 24 x 33 cm.

         ISBN 9974-7877-2-6

         1. LITERATURA INFANTIL. 2. CUENTOS INFANTILES.
         3. SELECCIÓN LITERARIA INFANTIL. 4. ACTIVIDADES
         DIDÁCTICAS. 5. JUEGOS DE INGENIO. I. Erbiti, Alejandra,
         adap.

© by LatinBooks International S.A.
Impreso en Colombia
por Printer Colombiana s.a.
Printed in Colombia
I.S.B.N.:9974-7877-2-6

Edición 2005

LATINBOOKS
International S. A.
Una Visión Creativa
en Libros para el Gran Público

A Modo de Presentación

Los cuentos clásicos que exponemos en esta obra atraen el interés de los niños de todos los tiempos porque defienden la búsqueda de valores universales como la verdad, la justicia, la igualdad, la lealtad, el amor a la vida. Sin lugar a dudas, estos son valores que defienden y promueven una cultura de paz. Pero además, los cuentos -aún con su intenso dramatismo- transmiten una significativa cuota de optimismo que alienta esperanzas y renueva ilusiones.

Por todo ello, los cuentos clásicos desempeñan un rol decisivo en la vida del niño y constituyen una valiosa herramienta educativa. De ahí la razón y el objetivo de esta obra, Los Más Bellos Cuentos, que los editores ponemos al servicio de la formación de los niños de hoy.

A través de estas páginas, nuestros pequeños lectores, junto a sus padres, sus maestros u otros adultos, podrán viajar y descubrir aquellos ambientes de ensueño magníficamente recreados por nuestro equipo de escritores y artistas plásticos, quienes lograron reflejar en estas páginas, cual si fueran un espejo mágico, imágenes, personajes, diálogos y situaciones que resultarán tan emocionantes como los mismos cuentos.

Los invitamos, pues, a sumarse a este mágico circuito comunicativo, que se abre entre quienes participamos en la selección y preparación de Los Más Bellos Cuentos y nuestros pequeños y queridos lectores.

A Uds., padres, abuelos, tíos y docentes, les cabe la tarea de actuar como narradores, recuperando y revalorizando ese viejo oficio de aquellos que con sus narraciones orales mantuvieron viva la fuerza del relato.

La invitación está hecha. Un mundo de bellos cuentos clásicos los está esperando para que descubran que... Leer es una fiesta mágica e inolvidable. Muchísimas gracias y ¡a disfrutarlo!

Los editores

Índice

La Cenicienta

HABÍA UNA VEZ UNA HERMOSA JOVEN QUE VIVÍA CON UNA TÍA Y SUS DOS HORRIBLES HIJAS. ESTAS ESTABAN TAN CELOSAS Y ENVIDIOSAS DE SU PRIMA, QUE LA SOMETÍAN A FREGAR OLLAS TODO EL DÍA Y SE BURLABAN DE ELLA LLAMÁNDOLA CENICIENTA.

CIERTO DÍA, EL PRÍNCIPE DEL REINO ORGANIZÓ UN BAILE PARA PODER
CONOCER MUCHACHAS Y TAL VEZ ENCONTRAR UNA QUE PUDIERA SER
SU FUTURA ESPOSA. AL ENTERARSE, TODAS LAS JÓVENES SE
ALBOROTARON Y COMENZARON A PREPARARSE PARA LA GRAN
OCASIÓN, ENCARGANDO A LAS COSTURERAS MÁS AFAMADAS
ESTUPENDOS VESTIDOS DE FIESTA.

Cenicienta cosió su propio traje y, si bien
era mucho más sencillo que los demás,
hacía que su figura y su rostro se vieran más
bellos aún de lo que eran. Sus primas, para evitar
semejante competencia, decidieron
impedirle concurrir a la fiesta.

CUANDO LLEGÓ LA ANSIADA NOCHE DEL BAILE Y CENICIENTA ESTABA A PUNTO DE SUBIRSE AL CARRUAJE, SU TÍA Y SUS PRIMAS LE ORDENARON IR A FREGAR LAS OLLAS. Y ALLÍ SE QUEDÓ CENICIENTA, SOLA EN LA CASA, EN COMPAÑÍA DE UN GATO Y ALGUNOS RATONES QUE LA OBSERVABAN EN SILENCIO MIENTRAS ELLA LIMPIABA LA COCINA Y LLORABA DESCONSOLADA.

—¡QUÉ DIVERTIDO HUBIERA SIDO IR AL BAILE EN EL PALACIO!
—SUSPIRABA LA JOVEN—. ¡CÓMO DESEARÍA ESTAR ALLÍ!
DE PRONTO, UNA LUZ MUY BRILLANTE ILUMINÓ LA HABITACIÓN Y UNA
AMABLE SEÑORA CON BONETE Y VARITA MÁGICA APARECIÓ DE LA NADA.
—SOY TU HADA MADRINA —LE DIJO A CENICIENTA—,
Y HE VENIDO PARA LLEVARTE AL BAILE.

—¡PERO NO PUEDE SER! —DIJO LA MUCHACHA—. ¡MIRA CÓMO ESTOY,
SUCIA DE CENIZAS Y ADEMÁS, NI SIQUIERA TENGO
CARRUAJE PARA IR HASTA EL PALACIO!
—NO TE AFLIJAS —DIJO EL HADA MADRINA, Y APOYÓ SU VARITA MÁGICA
SOBRE LA CABEZA DE CENICIENTA.

AL INSTANTE, LA JOVEN QUEDÓ LIMPIA Y VESTIDA DE FIESTA, CON UN PEINADO ALTO Y UNOS PENDIENTES DE PERLAS MUY BLANCAS.

LUEGO, DANDO UNOS TOQUECITOS CON SU VARITA
MÁGICA, EL HADA CONVIRTIÓ
UN ZAPALLO EN CARROZA, A LOS RATONES EN
CABALLOS Y AL GATO EN APUESTO COCHERO.
—¡AHORA VE AL BAILE! —LE DIJO A CENICIENTA—.
PERO DEBES REGRESAR ANTES DE QUE EL RELOJ DÉ LAS DOCE
CAMPANADAS, PUES EL HECHIZO DURA HASTA ESA HORA.

AL RATO, CENICIENTA LLEGÓ A PALACIO. EL PRÍNCIPE, AL VERLA, SE
ENAMORÓ Y ENSEGUIDA LA INVITÓ A BAILAR.
LA TÍA Y LAS PRIMAS DE CENICIENTA NO COMPRENDÍAN
CÓMO HABÍA PODIDO ARREGLÁRSELAS
PARA ASISTIR AL BAILE Y, AL VER QUE EL PRÍNCIPE
SÓLO SE INTERESABA EN ELLA,
SE MORÍAN DE CELOS Y ENVIDIA.

El príncipe y Cenicienta bailaron y se divirtieron durante
toda la fiesta y, justo cuando se iban a dar un beso, el reloj
comenzó a dar campanadas.

—¡Las doce! —exclamó Cenicienta recordando la advertencia
de su hada madrina, y huyó del salón a toda prisa. El príncipe
salió tras ella, pero sólo encontró un zapato en las
escaleras del palacio.

EL MUY TONTO HABÍA OLVIDADO PREGUNTARLE A CENICIENTA CÓMO
SE LLAMABA Y DÓNDE VIVÍA, ASÍ QUE NO SABÍA CÓMO HACER PARA
ENCONTRARLA. POR SU PARTE, LA MALVADA TÍA DE CENICIENTA Y SUS
CRUELES PRIMAS FINGIERON NO CONOCERLA.

PERO EL PRÍNCIPE, QUE ESTABA DEMASIADO ENAMORADO
COMO PARA DEJAR QUE TODO TERMINARA DE
ESA FORMA, ENSILLÓ SU CABALLO Y ESA MISMA
MADRUGADA SALIÓ A BUSCAR A LA DUEÑA DEL ZAPATO.

CUANDO ENCONTRÓ A CENICIENTA, FREGANDO OLLAS Y SUCIA DE HOLLÍN, NO PUDO CREER QUE SE TRATARA DE LA MISMA BELLA MUCHACHA QUE LO CAUTIVÓ EN EL BAILE.

PERO AL ACERCARSE PARA PROBARLE EL ZAPATO, RECONOCIÓ SUS HERMOSOS OJOS Y LE PIDIÓ QUE SE CASARA CON ÉL.
EN TANTO, FURIOSAS, LA TÍA Y LAS PRIMAS DE CENICIENTA ARMARON SEMEJANTE ESCÁNDALO, QUE EL PRÍNCIPE ENOJADO LAS MANDÓ A FREGAR A LA COCINA DEL PALACIO.

La Semilla Prodigiosa

En un pueblo lejano, vivían Juan y su mamá. Eran muy, muy pobres. Solo tenían una vaca y, como si la vida que llevaban no fuera ya muy difícil, un día la vaca dejó de dar leche y tuvieron que pensar en venderla.

UNA MAÑANA TEMPRANO, JUAN SALIÓ CON LA VACA A BUSCAR
UN COMPRADOR. AL CRUZAR POR EL BOSQUE, UN ANCIANO
DESCONOCIDO SE ATRAVESÓ EN SU CAMINO Y LE PREGUNTÓ:
—¿ADÓNDE VAS CON ESA VACA?
—VOY A LA FERIA, SEÑOR, A VER SI CONSIGO VENDERLA
—RESPONDIÓ JUAN.

—TE LA COMPRO —DIJO EL ANCIANO, Y COMO TODO PAGO LE DIO A
JUAN UN PUÑADO DE SEMILLAS.

—¿TAN SOLO UNAS SEMILLAS? —SE LAMENTÓ EL NIÑO.

—¡SON MÁGICAS! —RESPONDIÓ EL ANCIANO MIENTRAS SE ALEJABA
LLEVÁNDOSE LA VACA.

CUANDO JUAN REGRESÓ A SU CASA SIN EL ANIMAL,
SU MAMÁ PREGUNTÓ QUÉ HABÍA PASADO.
—SE LA VENDÍ A UN ANCIANO —RESPONDIÓ EL NIÑO—.
ME PAGÓ CON ESTAS SEMILLAS.

–¡Pero! ¿No te das cuenta de que te ha estafado? –protestó
indignada la señora.
–¡No! –se apresuró a explicar Juan–. ¡El hombre
me dijo que son semillas mágicas!
La mamá miró a su hijo en silencio y, poniendo caras feas,
arrojó las semillas por la ventana. Después ambos se
fueron muy tristes a dormir sin cenar, pues ya no les
quedaba ni vaca lechera ni comida.

A LA MEDIANOCHE, JUAN ESCUCHÓ UNOS RUIDITOS EN LA VENTANA Y SE LEVANTÓ DE LA CAMA PARA VER QUÉ SUCEDÍA. CUANDO ASOMÓ LA CABEZA, SE LLEVÓ UNA INCREÍBLE SORPRESA. UN ÁRBOL GIGANTESCO CRECÍA ALLÍ, DONDE SU MADRE HABÍA ARROJADO LAS SEMILLAS MÁGICAS.

Lo más asombroso de todo es que el árbol no dejaba de crecer. Se hizo tan alto que se perdió entre las nubes. Entonces Juan no pudo resistir la curiosidad, y se trepó por sus ramas para ver hasta dónde llegaban.

JUAN SUBIÓ Y SUBIÓ POR EL ÁRBOL PRODIGIOSO HASTA QUE LLEGÓ A UNA NUBE ESPESA. ALLÍ DESCUBRIÓ UN CAMINO LARGO Y, AL FINAL DEL CAMINO, UN CASTILLO INMENSO CUYAS PUERTAS SE ABRÍAN DE PAR EN PAR A MEDIDA QUE UNO SE ACERCABA.

DENTRO DEL CASTILLO HABÍA UN GIGANTE QUE COMÍA Y COMÍA HACIENDO MUCHO RUIDO, SENTADO A UNA MESA REPLETA DE EXQUISITOS MANJARES. JUNTO A ÉL, CACAREABA UNA GALLINA GORDA Y DE PLUMAS MUY LUSTROSAS QUE PONÍA HUEVOS DE ORO PURO. EL POBRE JUAN NO PODÍA CREER LO QUE ESTABAN VIENDO SUS OJOS.

¡HUEVOS DE ORO PURO!

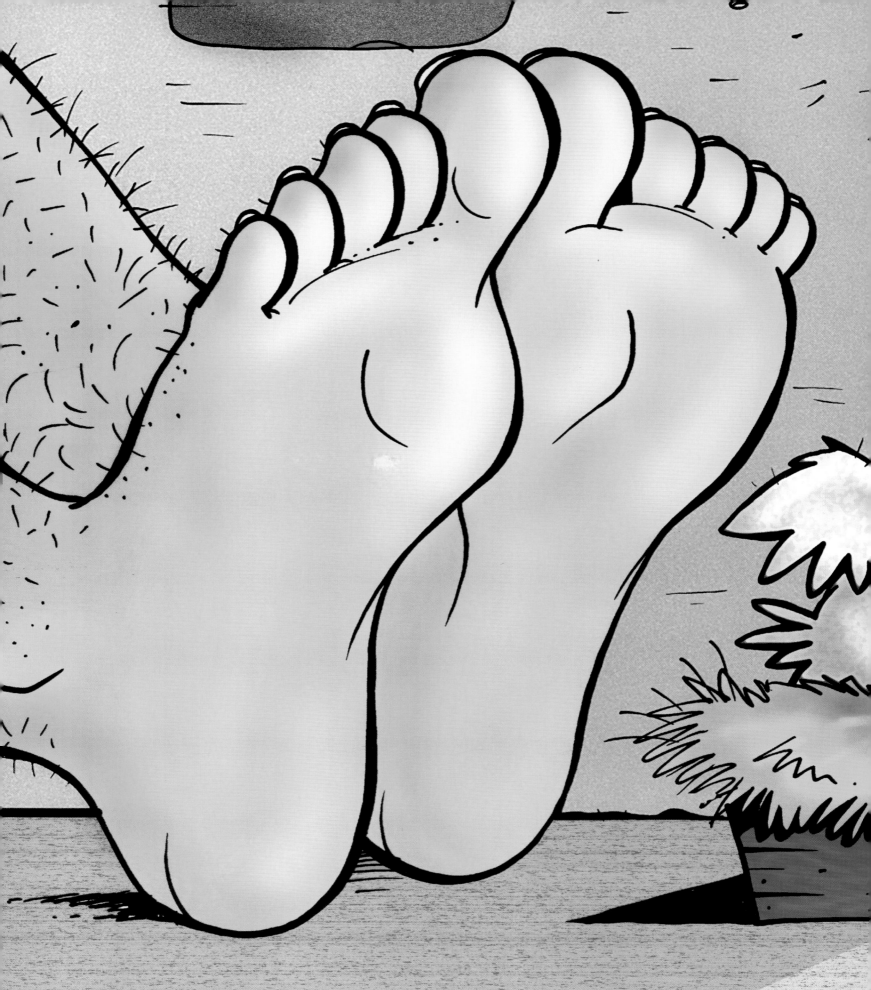

JUAN DECIDIÓ ESCONDERSE Y ESPERAR QUE EL GIGANTE SE QUEDARA
DORMIDO, PARA PODER LLEVARSE TAN MARAVILLOSA GALLINA A SU
CASA. ASÍ, ÉL Y SU MAMÁ YA NO TENDRÍAN QUE PASAR NECESIDADES.
DESPUÉS DE DISFRUTAR SEMEJANTE BANQUETE,
EL GIGANTE SE DURMIÓ PROFUNDAMENTE.

JUAN SALIÓ DE SU ESCONDITE PARA ROBAR LA GALLINA,
PERO LAS COSAS SE PUSIERON DIFÍCILES CUANDO EL
AVE EMPEZÓ A CACAREAR Y DESPERTÓ AL GIGANTE.
ESTE, AL VER QUE JUAN SE ROBABA LA GALLINA, LO PERSIGUIÓ
FURIOSO POR TODA LA NUBE.

PERO JUAN NO TUVO MIEDO Y, SIN SOLTAR LA GALLINA, SE DESLIZÓ A
TODA VELOCIDAD POR LA PLANTA HASTA LLEGAR A SU CASA.
RÁPIDAMENTE, TOMÓ UN HACHA Y LA CORTÓ AL RAS DEL SUELO. DE
ESA MANERA, EL GIGANTE NO PUDO BAJAR A BUSCARLO. A PARTIR DE
ESE DÍA Y GRACIAS A LOS HUEVOS DE ORO QUE PONÍA LA GALLINA,
JUAN Y SU MAMÁ JAMÁS VOLVIERON A SER POBRES.

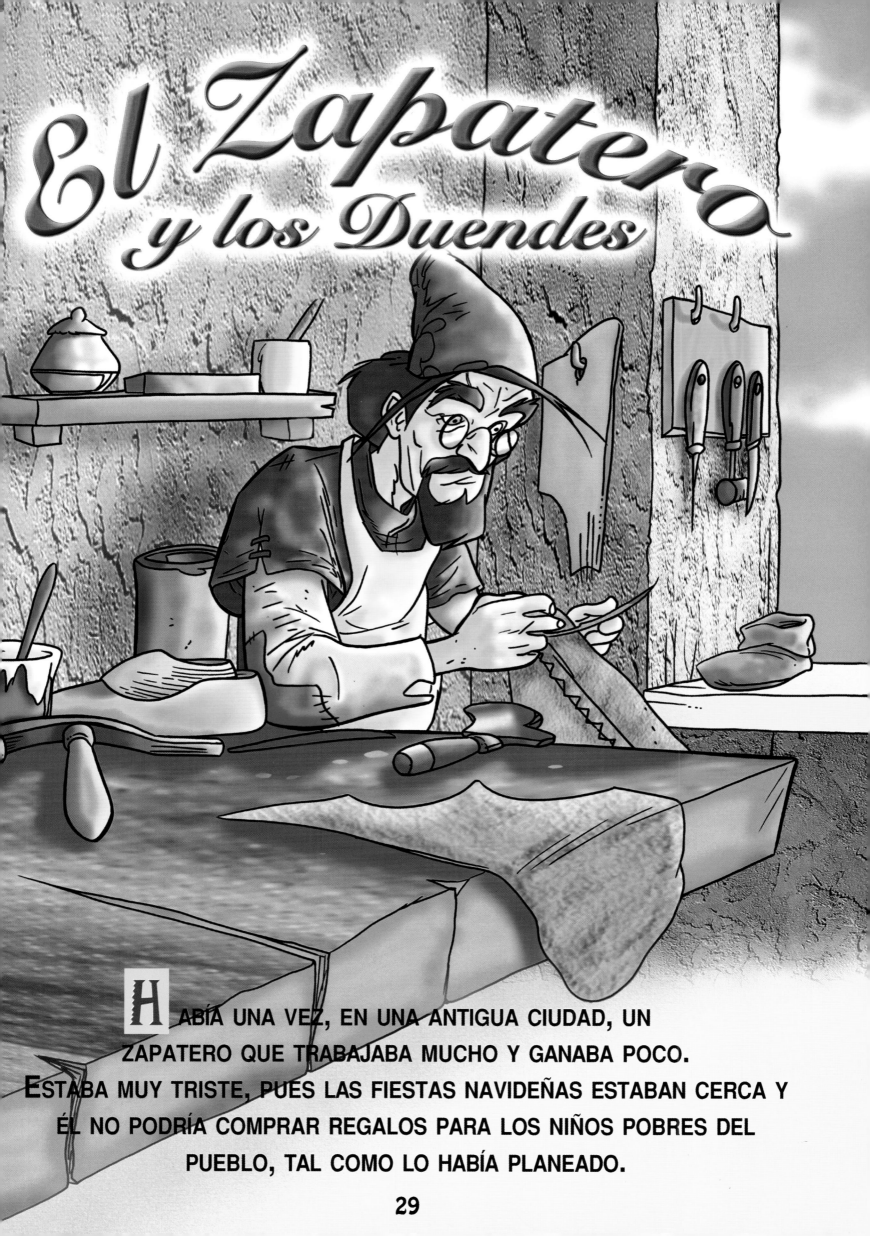

El Zapatero
y los Duendes

HABÍA UNA VEZ, EN UNA ANTIGUA CIUDAD, UN ZAPATERO QUE TRABAJABA MUCHO Y GANABA POCO. ESTABA MUY TRISTE, PUES LAS FIESTAS NAVIDEÑAS ESTABAN CERCA Y ÉL NO PODRÍA COMPRAR REGALOS PARA LOS NIÑOS POBRES DEL PUEBLO, TAL COMO LO HABÍA PLANEADO.

29

—TENGO QUE TERMINAR UNAS BOTAS QUE ME ENCARGÓ UNA SEÑORA
PARA MAÑANA —LE DIJO EL ZAPATERO A SU MUJER—.
PERO TENGO TANTO TRABAJO PENDIENTE QUE NI SIQUIERA HE
PODIDO CORTAR EL CUERO Y NO SÉ SI PODRÉ TERMINARLAS A TIEMPO.
—NO TE AFLIJAS —RESPONDIÓ LA ESPOSA—, YO ME QUEDARÉ A
TRABAJAR CONTIGO DURANTE TODA LA NOCHE.

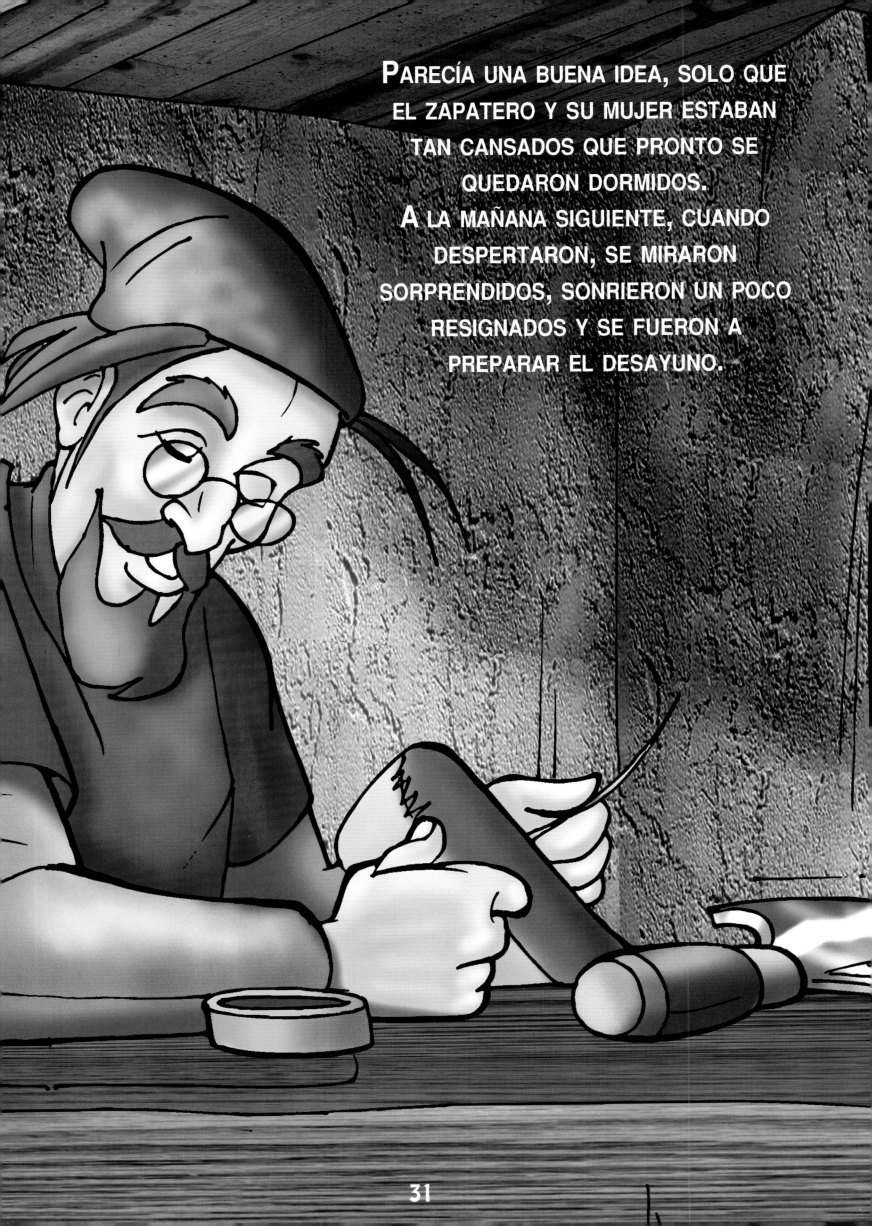

PARECÍA UNA BUENA IDEA, SOLO QUE EL ZAPATERO Y SU MUJER ESTABAN TAN CANSADOS QUE PRONTO SE QUEDARON DORMIDOS.
A LA MAÑANA SIGUIENTE, CUANDO DESPERTARON, SE MIRARON SORPRENDIDOS, SONRIERON UN POCO RESIGNADOS Y SE FUERON A PREPARAR EL DESAYUNO.

MIENTRAS IBAN CAMINO A LA COCINA, LLEGÓ LA SEÑORA
QUE HABÍA ENCARGADO LAS BOTAS.
—¿Y AHORA? ¿QUÉ EXCUSA PONDRÉ? —SE PREGUNTÓ
AFLIGIDO EL ZAPATERO, PERO INEXPLICABLEMENTE LA DISTINGUIDA
SEÑORA ENCONTRÓ LISTAS SUS BOTAS, SE LAS PROBÓ GUSTOSA Y,
MUY SATISFECHA CON TAN EXQUISITO TRABAJO, LAS PAGÓ Y SE FUE.

—¿CÓMO ES POSIBLE? —PREGUNTÓ EL ZAPATERO A SU MUJER—.
¿CÓMO ES POSIBLE QUE LAS BOTAS ESTUVIERAN LISTAS, SI NI
SIQUIERA TUVE TIEMPO DE CORTAR EL CUERO?

—¡TRABAJAS DEMASIADO Y ANDAS MUY DISTRAÍDO! —RESPONDIÓ SU
ESPOSA. AUNQUE ÉL NO QUEDÓ MUY CONVENCIDO, REGRESÓ AL
TALLER, PUES TODAVÍA TENÍA MUCHOS ZAPATOS QUE COSER.

AL LLEGAR LA NOCHE OTRA VEZ SE QUEDÓ DORMIDO Y, CUANDO DESPERTÓ POR LA MAÑANA, NUEVAMENTE LO SORPRENDIÓ EL MISTERIOSO MILAGRO: TODOS LOS ZAPATOS QUE TENÍA POR HACER ESTABAN LISTOS, LUSTROSOS Y BIEN ACOMODADOS SOBRE SU MESA DE TRABAJO.

MUY ALBOROTADO, EL ZAPATERO LLAMÓ A SU MUJER PARA QUE VIERA
CON SUS PROPIOS OJOS EL INCOMPRENSIBLE PRODIGIO, PERO ELLA
INSISTIÓ CON LO MISMO: —¡TRABAJAS DEMASIADO, QUERIDO,
Y ESTÁS TAN FATIGADO QUE TE DUERMES Y LUEGO
NO RECUERDAS LO QUE HAS HECHO!

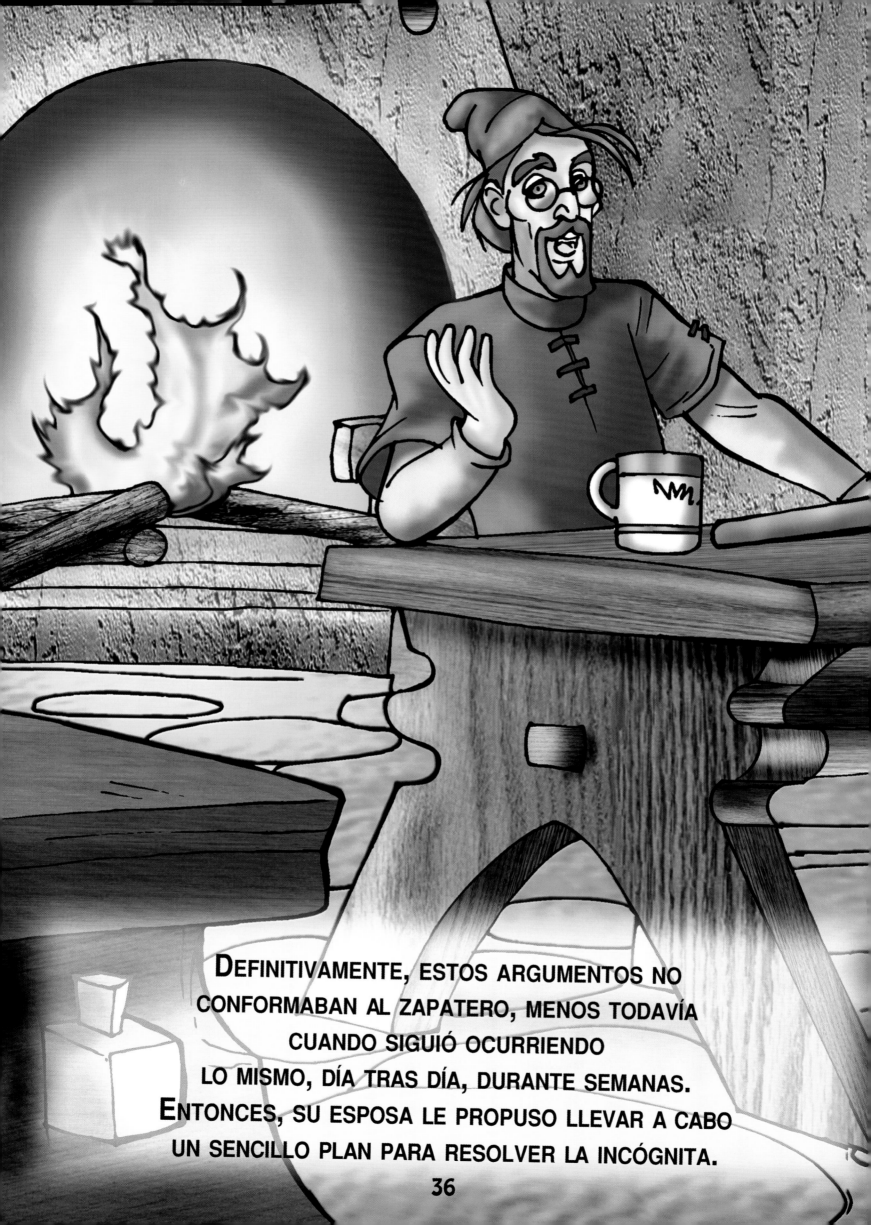

DEFINITIVAMENTE, ESTOS ARGUMENTOS NO
CONFORMABAN AL ZAPATERO, MENOS TODAVÍA
CUANDO SIGUIÓ OCURRIENDO
LO MISMO, DÍA TRAS DÍA, DURANTE SEMANAS.
ENTONCES, SU ESPOSA LE PROPUSO LLEVAR A CABO
UN SENCILLO PLAN PARA RESOLVER LA INCÓGNITA.

—ESTA NOCHE —DIJO ELLA—, FINJAMOS QUE TENEMOS MUCHO SUEÑO Y QUE NOS VAMOS A DORMIR.

—¿Y ENTONCES? —PREGUNTÓ INTRIGADO EL ZAPATERO.

—NOS QUEDAREMOS DESPIERTOS, ESCONDIDOS DETRÁS DE ESTAS CORTINAS —EXPLICÓ ELLA—, ASÍ PODREMOS AVERIGUAR QUÉ ES LO QUE SUCEDE CADA NOCHE.

Así lo hicieron. Esa misma noche el zapatero
y su mujer fingieron irse a la cama, pero se quedaron
escondidos y bien despiertos detrás de un cortinado.
Al ratito nomás, comenzaron a escuchar unos ruiditos
que provenían del taller.

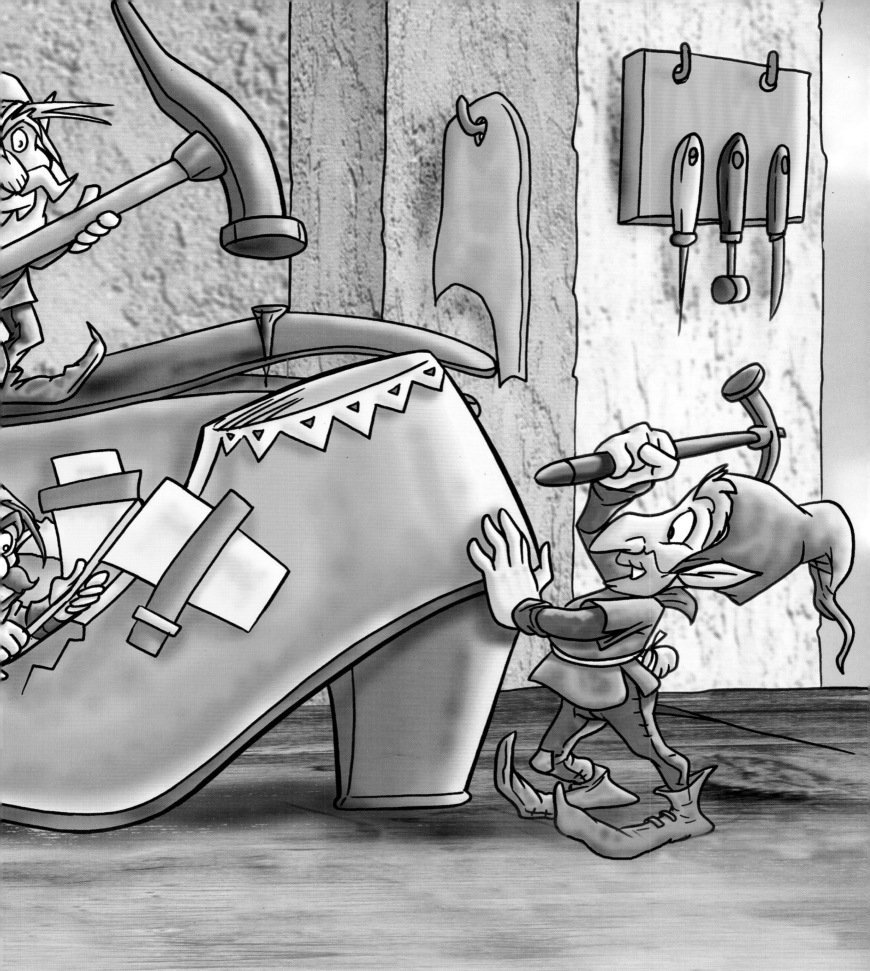

ENTONCES, MUY SIGILOSOS, SE ASOMARON A VER QUÉ ESTABA
OCURRIENDO Y, POR FIN, DESCUBRIERON TODA LA VERDAD SOBRE EL
SUPUESTO MILAGRO DE LOS ZAPATOS: UNOS DUENDES MUY
PEQUEÑITOS TRABAJABAN CADA NOCHE COSIENDO LOS ZAPATOS Y
DEJÁNDOLOS LISTOS PARA CUANDO SALÍA EL SOL.

—¿Por qué hacen esto por mí? —preguntó conmovido el humilde zapatero.

—Queremos ayudarte a juntar el dinero que necesitas para comprarles obsequios a los niños pobres del pueblo —respondieron los pequeños hombrecillos.

Y así, gracias a esta valiosa ayuda, el bondadoso zapatero pudo cumplir su sueño de Navidad.

El Gato
con Botas

UN MOLINERO MUY POBRE DEJÓ, AL MORIR, UNA MODESTA HERENCIA A SUS TRES HIJOS. SOLO HABÍA PARA REPARTIR UN MOLINO, UN ASNO Y UN GATO.

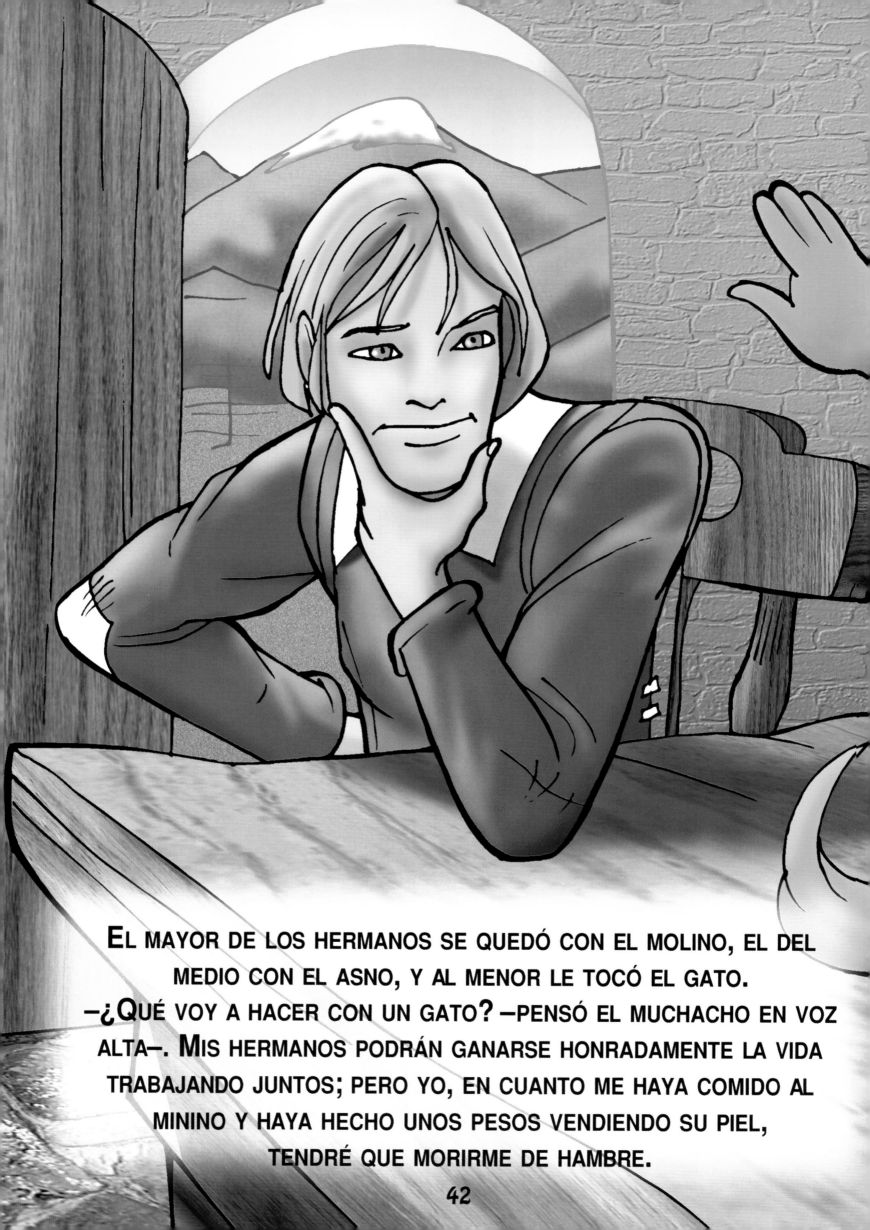

El mayor de los hermanos se quedó con el molino, el del medio con el asno, y al menor le tocó el gato.

—¿Qué voy a hacer con un gato? —pensó el muchacho en voz alta—. Mis hermanos podrán ganarse honradamente la vida trabajando juntos; pero yo, en cuanto me haya comido al minino y haya hecho unos pesos vendiendo su piel, tendré que morirme de hambre.

El gato, que escuchó todo, se apuró a decir: —No te aflijas,
amo, yo puedo convertirte en un hombre de gran fortuna.
Lo único que debes hacer es darme un par de botas. ¡Ya verás
qué gusto te dará tenerme!—. A pesar de no creer demasiado
en los dichos del felino, el muchacho le consiguió unas
botas. El gatito, ni bien se las calzó, salió a toda prisa rumbo
al monte y allí cazó un conejo.

Luego, se encaminó con su presa hacia el palacio y pidió hablar con el rey.

—Majestad —dijo el gato, haciendo una reverencia— mi amo te envía este conejo.

—¿Y quién es tu amo? —preguntó su majestad, muy sorprendido.

—El señor Marqués de Carabás —respondió el gato, inventando el primer nombre que se le ocurrió.

—Dile a tu amo que le doy las gracias y que su presente me agrada mucho —dijo el rey.

El gato se despidió con gran cortesía y, al cabo de unos días, regresó al palacio con un par de perdices.

—LAS MANDA MI AMO, EL SEÑOR MARQUÉS DE CARABÁS
—REPITIÓ EL ANIMAL.

—¡QUÉ GENTIL ES ESE SEÑOR! —RESPONDIÓ EL REY, Y CONTINUÓ
RECIBIENDO DÍA TRAS DÍA LOS OBSEQUIOS QUE EL GATO LE TRAÍA.

45

Un día, el gato escuchó que el rey iría con su hija
a pasear a orillas del río.
—Si quieres ser un hombre realmente afortunado,
tírate desnudo al río cuando yo te indique —le aconsejó
el gato a su dueño.
El hijo del molinero, aún sin comprender de qué se trataba,
siguió los consejos del felino.

Ya estaba bañándose en el río cuando la carroza real pasó por allí, y el gato se puso a gritar con todas sus fuerzas:

—¡Socorro! ¡Socorro! ¡Mi amo, el señor Marqués de Carabás, se ahoga!

Al oír los gritos, el rey detuvo la carroza y, reconociendo al gato, les ordenó a sus guardias auxiliar al supuesto Marqués de Carabás.

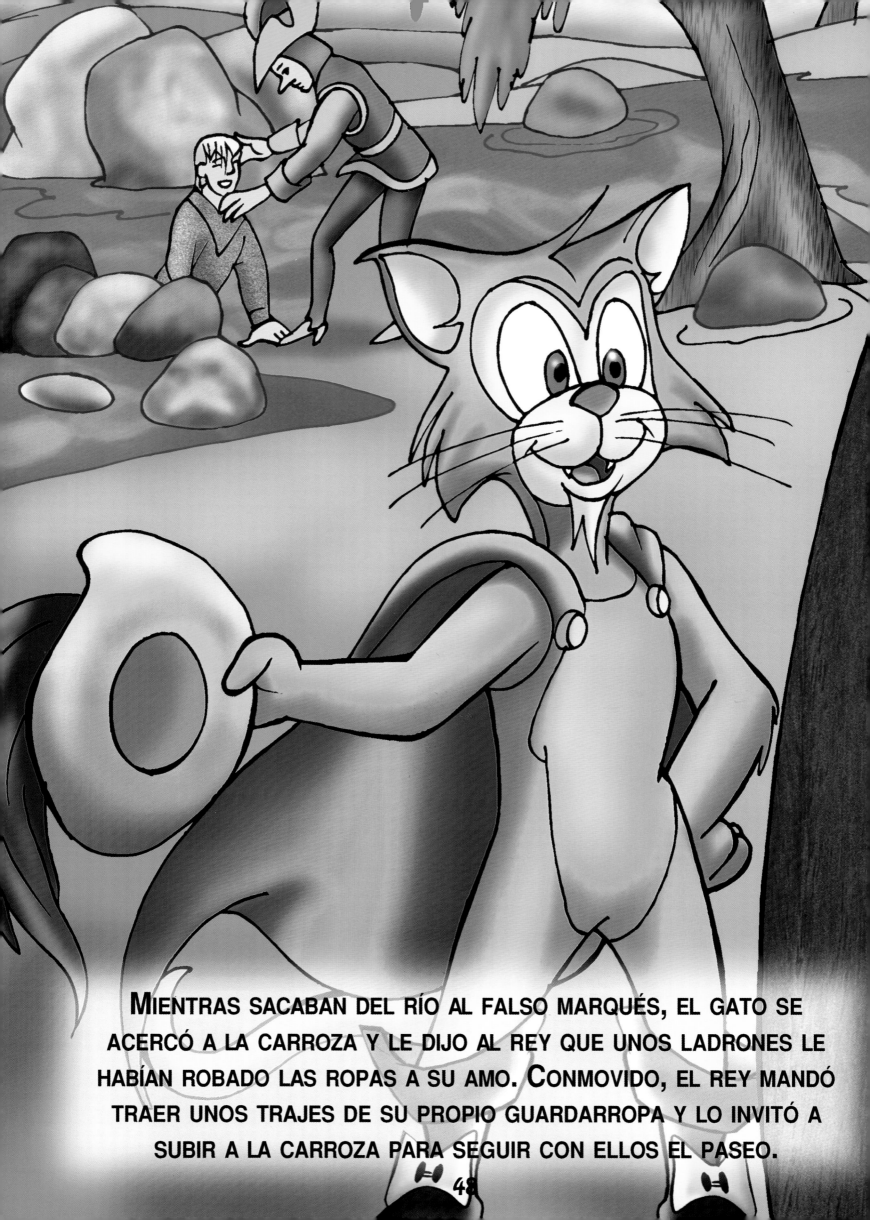

MIENTRAS SACABAN DEL RÍO AL FALSO MARQUÉS, EL GATO SE
ACERCÓ A LA CARROZA Y LE DIJO AL REY QUE UNOS LADRONES LE
HABÍAN ROBADO LAS ROPAS A SU AMO. CONMOVIDO, EL REY MANDÓ
TRAER UNOS TRAJES DE SU PROPIO GUARDARROPA Y LO INVITÓ A
SUBIR A LA CARROZA PARA SEGUIR CON ELLOS EL PASEO.

EL GATO, ENCANTADO AL VER EL ÉXITO DE SUS PLANES,
TOMÓ LA DELANTERA Y CORRIÓ HASTA TOPARSE CON UNOS
CAMPESINOS QUE CULTIVABAN LA TIERRA.
—CUANDO PASE EL REY EN SU CARROZA, DEBEN DECIR QUE ESTE
PRADO PERTENECE AL SEÑOR MARQUÉS DE CARABÁS —LES DIJO—.
DE LO CONTRARIO, LOS MATARÁ Y LOS HARÁ PICADILLO.

LOS CAMPESINOS OBEDECIERON ASUSTADOS Y, CUANDO EL REY PASÓ
POR ALLÍ Y PREGUNTÓ DE QUIÉN ERAN ESAS TIERRAS, RESPONDIERON:
—¡DEL SEÑOR MARQUÉS DE CARABÁS!
EN REALIDAD, LAS TIERRAS PERTENECÍAN A UN OGRO MUY PODEROSO
PERO, GRACIAS AL ASTUTO GATITO, EL REY TERMINÓ CONVENCIDO DE
QUE EL SEÑOR MARQUÉS DE CARABÁS ERA MUY, MUY RICO.

50

POR ÚLTIMO, EL GATO SE ADELANTÓ Y LLEGÓ PRIMERO AL CASTILLO DEL OGRO, Y SABIENDO QUE TENÍA EL DON DE TRANSFORMARSE EN TODA CLASE DE ANIMALES LO DESAFIÓ:

—¡A QUE NO PUEDES CONVERTIRTE EN RATÓN!

—¡CLARO QUE PUEDO! —DIJO EL OGRO FURIOSO Y, NI BIEN SE TRANSFORMÓ EN RATÓN, EL GATO SE LO COMIÓ.

INMEDIATAMENTE, SALIÓ A RECIBIR AL REY. SU MAJESTAD, AL VER SEMEJANTE CASTILLO, LE CONCEDIÓ LA MANO DE SU HIJA AL MOZO, SIN SOSPECHAR QUE ERA EL HIJO DEL POBRE MOLINERO.

LA BODA SE CELEBRÓ ESE MISMO DÍA, Y ASÍ EL INTELIGENTE GATO CON BOTAS CONVIRTIÓ EN PRÍNCIPE A SU POBRE AMO.

Acti-Juegos

ZAPATITOS PERDIDOS

En el apuro por huir del palacio, Cenicienta perdió todos los zapatitos. ¿Puedes ayudarla a encontrarlos?

2 Sobre el pasto - 2 En la escalera -
1 Sobre la barandilla de la escalera-
1 Colgado de la lámpara-
1 Cerca de la ventana.

DESCUBRE EL CÓDIGO

El Hada Madrina le dejó a Cenicienta un mensaje. Descífralo.

☎🐝✏🐝 ☐▼✝▲🐝 ☎✦✝✳ ☐▼

✏✝☐↗✝⇨☎🔔⇨. ✝☐☎✝ ☎✝⇨○✦✳🔔⇨

🔔 ○✝✏✦🔔✳🐝✖✖✝.

A ♠	B ✔	C ✖	D ✏	E ✝	F ☞	G ★	H ☮	I ✦	J ✐	K ✌	L ♥	M ○
N ✳	Ñ ▲	O 🐭	P ↗	Q ♣	R ⇨	S ☐	T ☎	U ▼	V ✂	X ✈	Y ◆	Z 🔔

53

Acti-Juegos

LAS SIETE DIFERENCIAS

Para que Juan pueda llevar la vaca a la feria, primero tiene que encontrar lss siete diferencias entre estas dos imágenes. ¿Te animas a encontrarlas?

El ladrillo - El moño - La nube - La semilla - Un frasco - El pelo - La repisa.

SOPA DE HUEVOS

Juan perdió diez palabras cuando huía del gigante. ¿Te animas a encontrarlas?

Anciano - Semillas - Árbol - Gigante - Gallina - Fortaleza - Juan - Feria - Vaca - Mágicas.

Acti-Juegos

LAS SILUETAS

Descubre cuál de estas siluetas
pertenece al duende de la imagen.

D

A

B

C

La silueta correcta es la A.

ROMPECABEZAS

Ayuda al Zapatero a encontrar cuáles son las piezas que se repiten en este rompecabezas.

Acti-Juegos

SILABEANDO

Cada dibujo representa una palabra cuya primera sílaba está a su lado. ¿Te animas a encontrar las sílabas correspondientes para formar las palabras?

SILUETAS FELINAS

Intenta descifrar cuál de las siguientes siluetas es igual a la imagen del gato y el ratón.

La silueta correcta es la 2.